SUCCESSION

DE

M. G. MUHLBACHER

LIVRES

SUR LES BEAUX-ARTS

Vues de Paris — Modes et Costumes

AQUARELLES & DESSINS

Paris — 1907

CATALOGUE

DES

LIVRES

SUR LES BEAUX-ARTS

Vues de Paris
Modes et Costumes

AQUARELLES & DESSINS

PAR

BENJAMIN CONSTANT, BOILVIN, DAUMIER
KAEMMERER, LÉANDRE, MACHARD, A. PERRET
ROUGERON, TOFANO, VÉLY, ETC.

DONT LA VENTE

Par suite du décès de M. G. MUHLBACHER

AURA LIEU A PARIS

HOTEL DROUOT, SALLE N° 8

Le Vendredi 24 Mai 1907, à 2 heures

COMMISSAIRES-PRISEURS

Mᵉ PAUL CHEVALLIER | **Mᵉ F. LAIR-DUBREUIL**
10, rue Grange-Batelière, 10 | 6, rue Favart, 6

EXPERT

M. A. DUREL, 21, rue de l'Ancienne-Comédie, 21.

CONDITIONS DE LA VENTE

Elle sera faite au comptant.

Les acquéreurs payeront *dix pour cent* en sus des enchères.

Paris. — Imp. Georges Petit, 12, rue Godot-de-Mauroi. — 17811-07.

Désignation

LIVRES SUR LES BEAUX-ARTS

Vues de Paris
Modes et Costumes

AQUARELLES & DESSINS

---

1 — **Bertall.** La Comédie de notre temps. Études au crayon et à la plume. *Paris, Plon*, 1874, 1875, 2 vol. gr. in-8°, fig., demi-rel., dos et coins de chag. rouge, tête dor., non rog.

2 — **Champier** et **Roger-Sandoz.** Le Palais-Royal, d'après des documents inédits. *Paris*, 1900, 2 vol. in-4°, fig., br., couv.

3 — **Huysmans** (J.-K.). La Bièvre. Les Gobelins. Saint-Séverin (gravures sur bois de Lepère). *Paris, Société de propagation des livres d'art*, 1901, gr. in-8°, fig., br., couv.

4 — **Lacroix** (Paul). xviiie siècle. Institutions, usages et costumes. *Paris, Didot,* 1875, gr. in-8°, fig., br., couv.

5 — Lettres et les Arts (Les). Revue illustrée. *Paris, Boussod-Valadon,* 1886-89, 16 vol. in-4°, nombr. fig., demi-rel., dos et coins de parchemin, tête dor., non rog.

6 — **Maindron** (Ernest). Les Affiches illustrées. Ouvrage orné de vingt chromolithographies par Jules Chéret. *Paris, Launette et Cie,* 1886, in-4°, br., couv.

7 — Maîtres de l'Affiche (Les). Publication mensuelle, contenant la reproduction en couleurs des plus belles affiches illustrées des grands artistes français et étrangers. *Paris, décembre 1895, novembre 1900,* 60 numéros, gr. in-4°.

8 — **Mendès** (Catulle). Hespérus. Illustrations en couleurs de Carlos Schwabe. *Paris, Société de propagation des livres d'art,* 1904, gr. in-8°, fig., br., couv.

9 — Salons. *Paris, Boussod-Valadon,* 1888 à 1901. 14 vol. gr. in-8°, nombr. reproductions, cart. de l'éditeur.

Édition sur papier de Hollande.

10 — Salons. Expositions des Beaux-Arts. *Paris,
Baschet,* de l'origine 1880 à 1892. 13 vol. gr.
in-8°, nombr. reproductions, cart. de l'éditeur.

11 — Société française des Amis des Arts. Années
1889, 1890, 1893, 18c 1895, 1904, 1905.
7 fascicules in-fol. dans le cartonnage de
l'édit.

> Reproductions des principaux tableaux des Salons.
> Manque 1 planche à l'année 1893.

12 — **Babelon** (Ernest). Histoire de la gravure
sur gemmes en France. *Paris,* 1902, gr. in-8°,
planches, br.

13 — **Bapst** (Germain). L'Orfèvrerie française
à la cour de Portugal au xviiie siècle. *Paris,*
1892, in-4°, planches, br.

14 — Beaux-Arts. 8 volumes ou brochures, gr.
in-8°.

> Niclas Lafrensen, par Oscar Levertin. *Stockholm,*
> 1899. — Antoine Watteau, par G. d'Argenty. — Les
> Collections de la Comédie française, par Georges
> Monval. 1897. — Hall, célèbre miniaturiste du xviiie
> siècle, sa vie, ses œuvres, sa correspondance, par
> Frédéric Villon. 1867. — Descriptions de l'Académie
> royale de peinture et de sculpture, publ. par Anatole
> de Montaiglon. 1873. — Table topographique des
> artistes de l'École française, par Louis Auvray. 1887.
> — Recherches sur les graveurs d'Abbeville, par
> Émile Delignières. 1886. — Iconographie de Marie-
> Antoinette, par le baron de Vinck. 1878.

15 — **Bellier de la Chavignerie** (E.). Dictionnaire des artistes de l'École française. *Paris,
Renouard,* 1882, 2 vol. gr. in-8º, br., couv.

16 — **Béraldi** (Henri). Bibliothèque d'un biblio-
phile. Mes estampes. *Lille, imprimerie Danel,*
1884-85. 2 vol. pet. in-8º, br., couv.

17 — **Béraldi** (Henri). Les Graveurs du xix[e]
siècle. Guide de l'amateur d'estampes mo-
dernes. *Paris, L. Conquet,* 1885-92, 12 vol.
in-8º, br., couv.

> Exemplaire contenant 32 frontispices gravés ou
> lithographiés.

18 — **Fenaille** (Maurice). L'Œuvre gravé de
P.-L. Debucourt, 1755-1832. *Paris, Morgand,* 1899, gr. in-8º, fig., br., couv.

19 — **Goncourt** (Edmond et Jules de). L'Art
du xviiie siècle. *Paris, Rapilly,* 1874, 2 vol.
in-8º, demi-rel., dos et coins de chagr. bleu,
non rog.

On y joint :

Catalogue raisonné de l'œuvre peint, dessiné et gravé d'Antoine Watteau, par E. de
Goncourt. *Paris, Rapilly,* 1875.

20 — **Harrisse** (Henry). Louis Boilly, peintre, dessinateur et lithographe, sa vie et son œuvre. *Paris*, 1898, in-4°, front. et fig., cart. de perc.

21 — Iconographie des estampes à sujet galant et des portraits de femmes célèbres par leur beauté. *Genève, J. Gay et fils,* 1868, in-8°, demi-rel. chag.

22 — **Mantz.** Antoine Watteau. — Cent dessins de Watteau, gravés par Boucher. *Paris*, 1892. 2 vol. gr. in-8°, demi-rel., dos et coins de vél. blanc, non rog.

23 — **Meissonier.** Exposition de l'Œuvre de Meissonier. *Paris, Galerie Georges Petit,* 1893, gr. in-4°, titre r. et n., avec 16 pl. gravées à l'eau-forte, cart., dos de percal grise, non rog.

Ont collaboré à la rédaction de ce Catalogue : Meissonier. Étude de M. Alexandre Dumas, de l'Académie française. — L'Atelier Meissonier et les collections, par M. L. Roger-Milès. — Les Gravures et les illustrations, par M. Henri Beraldi.

Les Eaux-fortes ont été gravées par MM. Abot, Alassonières, Boulard, Champollion, Courtry, Faivre, Focillon, Kratké, Lalauze, Leterrier, de Los Rios, Manchon, Manesse, Mignon, Mordant, Teyssonnières, Toussaint, Waltner.

On y joint :

Catalogue des tableaux, études peintes, aquareiles et dessins, composant l'atelier Meissonier. *Paris, imprimerie de l'Art*, gr. in-4°, cart., dos de percal., non rog.

24 — **Mireur** (Dr H.). Dictionnaire des ventes d'art, faites en France et à l'étranger pendant les xviiie et xixe siècles (tomes I et II). *Paris, Soullié*, 1901-1902, 2 vol. gr. in-4°, br.

On y joint :

Les Ventes de tableaux, dessins et objets d'art au xixe siècle. — Essai de bibliographie, par Louis Soullié. *Paris*, 1896, in-8°, demi-rel., dos et coins de chag., tête dor., non rog.

25 — **Bocher.** Les Gravures françaises du xviiie siècle : Nicolas Lavreince, Pierre-Antoine Baudoin, Jean-Baptiste-Siméon Chardin, Nicolas Lancret, Augustin de Saint-Aubin, Jean-Michel Moreau le jeune. *Paris,* 1875, 1882, 6 vol. in-4°, rel.

26 — **Bourcard** (Gustave). Dessins, gouaches, estampes et tableaux du xviiie siècle. Guide de l'amateur. *Paris, Morgand*, 1893, in-8°, br.

27 — **Portalis** (Baron Roger). Honoré Fragonard, sa vie et son œuvre. *Paris, Rothschild,* 1880, gr. in-8°, nombr. fig., demi-rel. vél. blanc, non rog.

28 — **Portalis** (Baron Roger). Claude Hoin. *Paris, Gazette des Beaux-Arts,* 1900, gr. in-4°, portr. et fig., br., couv.

L'un des 5o exemplaires sur papier du Japon.

29 — **Portalis** (Baron Roger). Claude Hoin. — Adélaïde Labille-Guiard. — Charles-Étienne Gaucher. *Paris,* 1879-1902, 3 vol. gr. in-8°, cart. et br.

3o — **Portalis** (Baron Roger) et **Béraldi** (H.). Les Graveurs du xviiie siècle. *Paris, Morgand et Fatout,* 1880, 1882, 3 vol. in-8°, cart., dos et coins de vél. blanc, non rog.

31 — **Ramiro.** Catalogue descriptif et analytique de l'œuvre gravé de Félicien Rops. *Paris, L. Conquet,* 1887, gr. in-8°, frontisp. gr., br., couv.

32 — **Storelli** (A.). Jean-Baptiste Nini ; sa vie, son œuvre. *Tours, imprimerie A. Mame et*

fils, 1896, gr. in-8°, fig., cart., dos et coins de perc. rouge.

On y joint :

Augustin Dupré, orfèvre, médailleur et graveur général des monnoies. *Paris*, 1804, in-8°, fig., br.

33 — Catalogue raisonné du cabinet de feu le chevalier de La Roque, par E.-F. Gersaint. *Paris*, 1744, in-12, frontisp. de Cochin, veau br.

> Exemplaire avec les prix.
> Ce cabinet renferme une collection considérable de dessins, de tableaux et d'estampes des meilleurs maîtres.

34 — Catalogue historique du cabinet de peintures et sculptures françoises de M. de Lalive. *Paris*, 1764, petit in-4°, cart.

35 — Catalogue de tableaux précieux, miniatures et gouaches composant le cabinet de feu M. L. Blondel de Gagny, par Pierre Rémy. *Paris*, 1776, in-12, cart., non rog.

> Exemplaire avec les prix et les noms des acqué-reurs.
> Les derniers feuillets sont refaits à la plume.

36 — Catalogue de tableaux précieux, miniatures et gouaches, qui composent le cabinet de feu

M. Blondel de Gagny. — Catalogue des tableaux et dessins précieux, estampes, etc., du cabinet de M. Randon de Boisset, par Pierre Rémy. *Paris*, 1776-1777, in-12, veau br.

Exemplaires avec les prix.

37 — Catalogue raisonné de tableaux, dessins, estampes, etc., du cabinet de feu M. Poullain, par J.-B.-P. Le Brun. *Paris*, 1780, in-8°, frontisp., cart., non rog.

Exemplaire avec les prix et les noms des acquéreurs.

38 — Catalogue des différents objets de curiosités qui composaient le cabinet de feu le marquis de Ménard, par F. Basan et F.-Ch. Joullain. *Paris*, 1781, in-8°, fig. ajoutées, cart., non rog.

39 — Catalogue des tableaux qui composent le cabinet de M. le comte de Merle, par A.-J. Paillet. *Paris*, 1784, in-8°, br., rog.

Exemplaire avec les prix et les noms des acquéreurs.

40 — Catalogue raisonné d'un choix précieux de dessins, estampes, livres à figures, tableaux, qui composaient le cabinet de feu Pierre-

François Basan, par L.-F. Regnault. *Paris,
s. d.* (1797), in-8°, cart., non rog.

Prix d'adjudication.

41 — Cabinet de M. Paignon - Dijonval. État
détaillé des dessins et estampes dont il est
composé; rédigé par M. Bénard, par les soins
et aux frais de M. Morel de Vindé. *Paris,*
1810, in-4°, cart., non rog.

42 — Catalogues de tableaux, objets d'art, de
1816 à 1870. Réunion de 21 vol. in-8°, cart.

Prix d'adjudication.

43 — Catalogue de tableaux, objets d'art, estampes, livres, etc., des principales ventes
faites pendant ces trente dernières années.
Environ 300 volumes in-4° et in-8°; eaux-
fortes et reproductions, en partie avec les prix
d'adjudication.

44 — Description des festes données par la Ville
de Paris à l'occasion du mariage de Madame
Louise-Élisabeth de France, et de Philippe,
Infant et Grand-Amiral d'Espagne, les 29 et
30 aoust 1739. *Paris,* 1740, in-fol., fig.,
maroq. rouge. (*Rel. anc. très fatiguée*).

45 — Vues de Paris, gravées par Jeanne-Fran-
çoise et Marie-Jeanne Ozanne. *A Paris, chez*

Jean, rue Jean-de-Beauvais, n° 10 ; s. d., in-4° obl., maroq. rouge dent., tr. dorées.

Jolie suite de 6 pièces, y compris le titre. Ces figures ont été gravées d'après les dessins du peintre Ozanne.

46 — Vues pittoresques des principaux édifices de Paris. *A Paris, chez Lamy*, 1792, pet. in-4°, maroq. vert, dos orné, fil. tête dor. (*Petit.*)

Suite extrêmement rare ; elle se compose d'un titre gravé et de 73 planches numérotées, de forme ronde, gravées en couleurs par Janinet, d'après Durand. Chaque planche porte les noms des éditeurs Esnauts et Rapilly.

A la fin, on a ajouté une vue de la Bastille.

47 — Vues de Paris : Théâtre de l'Opéra, Théâtre français de la République ; Théâtre de l'Opéra-Comique ; Théâtre Feydeau ; Tivoli ; Frascati ; Pavillon d'Hanôvre ; Paphos ; Jardin du Tribunat ; Bains Vigier ; Cour Batave ; Panorama. *S. l. n. d. (Paris, 1800)*, in-8°, maroq. citron, dos orné, fil., dent. int. *(R. Petit.)*

Suite de 12 planches imprimées en couleurs.

48 — Vues de Paris, dessinées et gravées par Gaitte. *A Paris, chez l'auteur (et présentement chez Jean), s. d.,* in-4° obl., demi-rel., dos et coins de maroq. rouge.

Très jolie collection de 24 planches gravées, renfermant ensemble 136 vues d'édifices parisiens.

49 — Vues de Paris, par Garbizza. *A Paris, chez Potrelle, s. d.* (1800-1810), in-fol., demi-rel., dos et coins de maroq. rouge.

Très belle suite de 8 planches en couleurs.

50 — Vues de Paris et des environs, dessinées par Mongin. *A Paris, chez Osterwald* (vers 1810), in-fol., demi-rel., dos et coins maroq. rouge.

Très jolie suite de 15 planches en couleurs.

51 — Paris au XIXe siècle. Recueil de scènes de la vie parisienne, dessinées d'après nature par Victor Adam, Gavarni, Daumier, Célestin Nanteuil, Travies, etc. *Paris, Beauger et Cie*, 1839, in-4°, demi-rel. veau rouge (*taches de rousseurs*).

52 — **Martial.** Ancien Paris. 300 eaux-fortes, par A.-P. Martial. *Paris*, 1866, 3 vol. in-fol., en cartons.

53 — **Béjot (E.).** Les Arrondissements de Paris. Vingt eaux-fortes originales de Eug. Béjot; préface de Jules Claretie. *Paris*, 1903, in-4° en portefeuille.

54 — **Sébastien Leclerc.** Suite de un titre gravé avant la lettre et de 19 planches de

costumes, en un 1 vol. in-8° cart., maroq.
grenat, dent.

55 — Exercices d'imagination de différens carac-
tères et formes humaines, inventé, peint et
dessiné, par J.-F. de Goëz. *Augsbourg* (1783),
in-4°, demi-rel. veau fauve. (*Rel. anc.*)

   Titre et 31 planches tirés en bistre.

56 — Cahier de voitures et autres costumes de
M. La Londe. 10 feuilles de dessins aux
crayons de couleur.

   Très précieux.

57 — Seconde suite d'estampes pour servir à
l'histoire des modes et du costume en France.
*Paris, se vend chez Mr. Moreau, au Palais,
s. d.* (1776), in-8°, cart., non rog.

   Très rare suite, numérotée 13 à 24 (sans le titre),
   avec un quatrain au bas de chaque planche. La
   planche 24 n'a pas le quatrain ni les lettres A. P. D. R.

58 — Recueil de coiffures (*Paris, Desnos*, 1778),
pet. in-12, maroq. rouge.

   Suite d'un frontispice colorié (remonté) et 24
   planches de coiffures depuis 1589 à 1777.

59 — Costumes du XVIIIe siècle. Réunion de
29 planches en couleurs, en 1 vol. in-4°,
demi-rel. maroq. rouge.

   La plupart d'après des dessins de Desrais.

60 — Cabinet des modes ou les modes nouvelles. *Paris*, 1786, in-8°, fig. noires et color., bas rac. (*Rel. anc.*)

61 — Modes de Paris ; costumes d'enfants. 4 cahiers de 6 feuilles, avec les couvertures, en 1 vol. gr. in-8°, demi-rel. veau. (*Rel. de l'époque.*)

> Suite de 24 planches imprimées en couleurs, commencement du xix° siècle.

62 — Costumes du xviiie siècle, tirés des Prés-Saint-Gervais. Vingt eaux-fortes de A. Guillaumot fils, d'après les dessins de Draner. — Costumes du Directoire, tirés des Merveilleuses. Vingt eaux-fortes de A. Guillaumot fils. *Paris, Rouquette*, 1874, in-4°, demi-rel., dos et coins de chag. La Vall., tête dor., non rog.

63 — **Duplessi-Bertaux**. Costumes militaires ; scènes de théâtres ; différents métiers. 3 vol. pet. in-12, maroq.

> 36 planches gravées à l'eau-forte.

64 — Collection de meubles et objets de goût, comprenant : fauteuils d'appartement et de bureau, chaises garnies, canapés, divans, tabourets, lits, draperies de croisées, tables,

commodes, secrétaires, bibliothèques, toilettes d'homme et de femme, lavoir, tables à fleurs ou jardinières, miroirs de toilette, corbeilles de mariage, pendules, voitures, etc., etc. *A Paris, au bureau du « Journal des Dames »*, *s. d.* (1800). 4 vol. in-4° obl., demi-rel. maroq. grenat, tête dor., non rog.

709 planches en couleurs.

65 — **Vernet** (Horace). Incroyables et Merveilleuses (*Paris, vers 1820*), in-fol., demi-rel.

Suite de 34 estampes de costumes, gravées par Gatine d'après H. Vernet. La collection complète comprend les planches 1 à 33. La planche 22 est double et différente.
Très rare.

66 — **Vernet** (Carle). Les Cris de Paris. *S. l. n. d.* (*Paris, Delpech*), in-4°, demi-rel.

Recueil de 75 lithographies coloriées (sur 100).
Premier tirage.
Quelques raccommodages.

67 — Costumes des départements de la Seine-Inférieure, du Calvados, de la Manche et de l'Orne, par Lanté et Gatine. (*Paris, Durand aîné, s. d.*), in-4°, demi-rel., dos et coins de maroq. grenat, tête dor., planches montées sur onglets.

Titre et 105 planches d'ancien coloris.

68 — **Leloir** (Maurice). Une Femme de qualité au siècle passé. Texte et illustrations de Maurice Leloir. *Paris, Boussod, Manzi, Joyant et Cie*, 1900, 10 livraisons in-fol. (40 × 30), en 2 portefeuilles maroquin blanc, fers spéciaux.

L'ouvrage, entièrement photogravé et tiré en fac-similé d'aquarelle, comprend : 1 faux-titre, 1 titre, 1 avant-propos, dix chapitres, chacun composé de : 1 titre, 1 hors texte, 6 planches avec texte écrit et gravé à la main, tiré en noir, encadré d'aquarelles photogravées et tirées en couleurs; 1 post-scriptum, 1 cul-de-lampe, 1 achevé d'imprimer, soit au total 87 planches, du format 40 sur 30, montées sur bristol de format 54 sur 40.

Tiré à 200 exemplaires numérotés sur papier vélin (n° 2), et complètement épuisé.

L'un des plus beaux livres contemporains.

69 — **Boutet** (Henri). Autour d'elles. Le Lever. Les Modèles. Le Coucher. *Paris, Ollendorff*, 3 fascic. in-4°.

70 — Vues des ports de France, dessinées par N. Ozanne, gravées par Le Gouaz. *A Paris, chez Le Gouaz, s. d.*, in-4° obl., veau marbr. (*Rel. anc.*)

54 planches.

Premier tirage.

On a relié, à la fin du volume, une série de 10 planches donnant les vues du port Saint-Georges, dans l'île de Grenade; la Martinique, 3 pl.; Saint-Domingue, 3 pl.; la rade de Brest; la rade de Toulon; la Guadeloupe.

71 — **Longus**. Daphnis et Chloé. Suite de six eaux-fortes d'après les dessins de Prudhon, gravées par Boilvin. *Paris, Lemerre, s. d.*, in-8°, maroq. rouge, dent. int. (*R. Petit.*)

Épreuves sur Chine avant la lettre.

72 — **La Fontaine**. Contes. Suite d'un portrait et de quarante eaux-fortes, d'après Fragonard, Lancret, etc. *Paris, A. Lemerre, s. d.*, gr. in-8°, maroq. bleu, dent. int. (*R. Petit.*)

Épreuves sur chine avant la lettre.

73 — **Boilvin**. Aquarelles et dessins originaux, eaux-fortes en différents états pour illustrer Madame Bovary, édition Lemerre, en 1 vol. in-fol., maroq. rouge, dent. int., tr. dor. (*R. Petit.*)

4 aquarelles, 2 dessins au crayon, et 48 eaux-fortes.

74 — Albums d'études, croquis, aquarelles; 8 albums divers formats.

LÉANDRE

Aquarelles & Dessins originaux

AYANT PARU DANS LE « RIRE »

75 — Paul Doumer.

76 — Fallières, Combes, Clémenceau, Lasies,
l'abbé Lemire, Jaurès, Paul Deschanel.

77 — Rouvier.

78 — Combes.

79 — Berteaux.

80 — Le Président Fallières.

81 — Brisson.

82 — Sarrien.

83 — Général Zurlinden.

84 — Maurice Donnay.

85 — Marcel Dubois.

86 — Le Prince Victor.

87 — Philippe d'Orléans.

88 — Don Carlos.

89 — Oscar II.

90 — Édouard VII et le Mikado.

91 — Chamberlain.

92 — Li-Hung-Tchang.

93 — Mᵉ Labori et Mᵉ Leblois.

94 — Picquart et Esterhazy.

95 — Quesnay de Beaurepaire.

96 à 105 — Sujets divers.

LÉANDRE & J. VEBER

106 — Musée des Souverains. 1897. Collection des originaux, publiés dans le « Rire », 11 pièces.

> Titre-frontispice. — Empereur Guillaume (2 compositions différentes). — Alphonse XIII. — Abdul-Hamid. — Wilhelmine. — La Reine Victoria. — Léopold. — François-Joseph. — Le Négus. — Félix-Faure.

107 à 125 — Sous ces numéros on vendra quelques dessins, par Daumier, Tofano, Vély, A. Perret, Kaemmerer, Machard, Rougeron, Benjamin-Constant, etc.

www.ingramcontent.com/pod-product-compliance
Ingram Content Group UK Ltd.
Pitfield, Milton Keynes, MK11 3LW, UK
UKHW022332170726
13837UKWH00005BA/2248